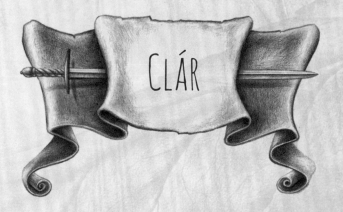

Clár

An Chéad Chló
An tSnáthaid Mhór 2014
20 Gairdíní Ashley,
Bóthar Lansdúin,
Bóthar Aontroma
Béal Feirste,
BT154DN

Tá an tSnáthaid Mhór buíoch d'Fhoras na Gaeilge as tacaíocht airgeadais a chur ar fáil.

Foras na Gaeilge
ISBN: 978- 0- 9552271-8-9
www.antsnathaidmhor.com

AN tÉAN ÓRGA
Caitríona Hastings
Andrew Whitson

AN TSNÁTHAID MHÓR

RÉAMHSCÉAL

Tharla an scéal seo i bhfad ó shin. Bhí gach rud difriúil an uair úd. Bhí rí in Éirinn. Mar a tharla, bhí rí i mbeagnach gach tír ar domhan ag an am. Bhí draoithe agus fir feasa agus mná feasa agus seanchailleacha ann. Bhí cumhacht ag na daoine sin. Thiocfadh leo tú a chur faoi gheasa. Chun éalú ar na geasa, bheadh ort gaiscíocht uafásach éigin a dhéanamh. Scanródh sé an t-anam asat.

Bhí ainmhithe ann a raibh caint acu, an t-am sin. Bhíodh cuid de na hainmhithe cliste agus cuid acu an-bhómánta. Bhí ainmhithe eile ann a raibh draíocht acu; cuid acu maith agus cuid acu an-olc ar fad.

Amanna, bhíodh cat mara ann, nó ollphéist mhór ghránna, nó gruagach. Bhíodh laochra ann chun troid ina n-éadan siúd. Uaireanta, bhíodh culaith ghaisce ar an laoch, agus claíomh solais ina lámh aige. Chaitheadh an laoch bheith cróga agus chaitheadh sé bheith cliste. Chaitheadh sé gan tabhairt isteach nuair a bhíodh gach ní ina éadan. In amanna, d'fhaigheadh sé cuidiú ó dhuine eile, ó ainmhí nó ó neach neamhshaolta. Uaireanta eile, bhíodh air bheith ag brath air féin go hiomlán.

Bhíodh banphrionsaí ann fosta. Ní minic a bhíodh ainm ar na banphrionsaí sin. Thugtaí Iníon Rí rud éigin orthu. Ba mhinic na banphrionsaí i dtrioblóid. B'fhéidir go mbíodh ollphéist sa tóir ar bhean acu agus bhíodh ar an laoch í a shábháil. Nó b'fhéidir gur ag lorg fir le pósadh a bhíodh an banphrionsa. Bhíodh ar an laoch gaiscíocht éigin a dhéanamh chun cead a fháil í a phósadh.

Seo scéal faoi fhear óg darbh ainm Jack. Mhair Jack i bhfad ó shin. Bhí sé cosúil le gach gasúr eile nuair a bhí sé óg. Ach tháinig cor ina shaol a rinne laoch de. Seo cuntas ar na heachtraí sin agus ar an dóigh ar athraigh saol Jack dá réir.

Léigh leat agus bain sult as!

9

Tá Rí na hÉireann Tinn

Bhí rí in Éirinn uair amháin. Fear saibhir a bhí ann. Bhí caisleán mór galánta aige. Bhí searbhóntaí is saighdiúirí aige, bia blasta ar an tábla agus deoch fíona nuair a theastaigh sin uaidh. Bhí iníon amháin aige agus bhí an-ghrá aige uirthi sin.

Shílfeá go mbeadh an rí sin sásta, ach ní raibh. Bhíodh tinneas air i gcónaí: pian ar a chosa; pian ar a cheann; pian ar a dhroim; pian ar a bholg. Chaith an rí cuid mhór airgid ar dhochtúirí as gach cearn den domhan, ach ní raibh duine ar bith acu in ann é a leigheas.

Sa deireadh, chuala sé iomrá ar sheandochtúir a bhí an-chliste ar fad. Chuir sé fios airsean. Scrúdaigh an dochtúir an rí ó bharr a chinn go bonn a choise. Dar leis nach raibh a dhath ar bith cearr leis an rí, ach ní fhéadfadh sé sin a rá.

'Cás an-aisteach é seo …' a dúirt sé.

D'amharc sé amach ar an fhuinneog. Bhí crann úll ag fás amuigh sa ghairdín.

Rug an dochtúir greim ar a smig. Dhún sé a chuid súl agus chuir sé cuma staidéartha air féin.

'Sin é!' ar seisean. 'Úlla! Sin é an leigheas atá ar an ghalar seo – ní mór duit úll a ithe gach lá agus tiocfaidh biseach ort.'

Chuaigh an dochtúir anonn chuig an fhuinneog.

'Na húlla sin taobh amuigh!' a scairt sé. 'Ith ceann amháin acu sin gach lá agus ní bheidh aon phian ort feasta.'

Bhí iontas ar an rí an leigheas bheith chomh simplí ach bhí sé an-sásta. Thug sé airgead mór maith don dochtúir. D'iarr sé ar dhuine de na searbhóntaí úll a thabhairt isteach chuige.

D'ith sé an t-úll agus d'fhan sé. Bhí gach duine sa phálás ag fanacht freisin. Mhothaigh an rí a chos. Pian ar bith! Mhothaigh sé a cheann. Pian ar bith! Mhothaigh sé a dhroim. Pian ar bith! Mhothaigh sé a bholg. Pian ar bith!

Léim an rí in airde. Chuaigh sé ag damhsa thart ar an tseomra.

'Níl mé tinn! Níl mé tinn! Níl aon phian orm!' a scairt sé.

D'iarr sé orthu an garraíodóir a chur chuige.

'Tabhair aire mhaith do mo chrann úll,' a dúirt sé leis. 'Tá mo bheatha ag brath air!'

Chuaigh an saol ar aghaidh mar sin, an rí ag ithe úill gach lá agus spion maith air. Lá amháin, d'aithin sé nach raibh mórán úll fágtha ar an chrann. Tháinig eagla air. Chuntas sé na húlla. Chuntas sé arís iad an lá dár gcionn. Bhí trí cinn imithe.

'Coinnigh súil mhaith ar mo chrann úll feasta!' ar seisean leis an gharraíodóir. 'Sin, nó beidh ort bóthar a bhualadh!'

D'inis an garraíodóir an scéal dá thriúr mac. D'ofráil an mac ba shine fanacht ina shuí an oíche sin go bhfeicfeadh sé cé a bhí ag goid na n-úll. Fear ard tanaí a bhí ann. Bhí sé an-fhalsa agus ní dhéanadh sé obair ar bith.

'Seo jab furasta go leor,' a smaoinigh sé.

Shocraigh sé é féin síos ag bun an chrainn le fanacht leis an ghadaí. Ach am éigin i lár na hoíche, thit a chodladh air. An chéad rud a mhothaigh sé an rí á chroitheadh ar maidin.

'A fhalsóir lofa bhréin!' a scairt an rí. 'I do chnap codlata ansin agus tuilleadh úll goidte ó mo chrann úll! Imigh leat amach as mo radharc!'

Thug an rí cic maith sa tóin don mhac ba shine. Rith seisean leis abhaile.

An dara mac a bhí ag an gharraíodóir, dúirt seisean go raibh sé sásta an crann a choimhéad go maidin. Fear beag ramhar a bhí ann agus bhíodh ocras air i gcónaí. Rinne sé mála mór ceapairí dó féin agus shocraigh sé síos ag bun an chrainn le fanacht leis an ghadaí. Am éigin i lár na hoíche, thit a chodladh air. Ní raibh a fhios aige a dhath gur mhothaigh sé an rí á chroitheadh ar maidin.

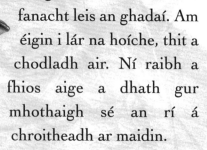

'A scaibhtéir ghránna ocraigh!' a bhéic an rí. 'I do shuanchodladh ansin agus tuilleadh úll goidte! Imigh leat amach as mo radharc!'

Thug sé cic maith sa tóin don mhac sin fosta. D'imigh an fear óg ina rith abhaile.

Fear óg lúfar cliste a bhí sa tríú mac a bhí ag an gharraíodóir. Jack ab ainm dó agus dúirt seisean go ndéanfadh sé an crann a choimhéad an oíche sin. Shocraigh sé é féin síos ag a bhun. Oiread is ribe amháin gruaige níor bhog sé. Díreach ar uair an mheán oíche, chonaic sé rud aisteach. D'eitil éan mór órga isteach gur leaindeáil ar bharr an chrainn úll. Sciob an t-éan ceann de na húlla agus d'imigh leis.

Scaoil Jack urchar ó ghunna an rí leis an éan. Níor mharaigh sé é, ach thit an t-úll amach as a bhéal. Thit cleite órga ó bhun a rubaill anuas go talamh fosta. Thóg Jack an t-úll agus an cleite órga, a bhí ag glioscarnach faoi sholas na gealaí. Isteach leis chuig an rí.

B'iontach le Rí na hÉireann scéal an éin. Thaitin an cleite órga go mór leis. Bhí sé geal mar chleite. Bhí sé trom. Bhí sé an-luachmhar ar fad. Ní raibh an rí ag smaoineamh ar úlla anois!

'Caithfidh mé an t-éan órga sin a fháil,' a dúirt sé. 'Tabharfaidh mé m'iníon óg álainn le pósadh don fhear a gheobhas dom é!'

An Madadh Rua

Mic an gharraíodóra a chéadchuala fógra an rí. Maidin lá arna mhárach, d'imigh an chéad mhac sa tóir ar an éan órga. Shiúil sé leis ó mhoiche maidine ach ní raibh aon iomrá ar an éan in áit ar bith. Tráthnóna agus é ina shuí ag ithe greim bia, chuir an mac sin boladh bréan ar ar aer. Tháinig madadh rua suas chuige agus d'iarr ruainnín beag bia air. Dhiúltaigh an fear óg dó.

'Imigh leat, a mhadaidh rua lofa,' a dúirt sé. 'Faigh do chuid bia féin!'

'Ní deas uait labhairt liom mar sin,' a d'fhreagair an madadh rua. Leis sin, chuir an t-ainmhí cár air féin agus lig sé broim. Thóg sé a lapa lena leithscéal a ghabháil. Ansin, lean sé air ag caint.

'Cuirfidh mé comhairle ort, cibé ar bith,' a dúirt sé. 'Nuair a rachaidh tú siar an bóthar seo, beidh teach mór ar thaobh an bhóthair. Beidh an teach sin lasta suas agus é lán daoine is iad ag ceol agus ag damhsa. Ná gabh isteach ansin. Feicfidh tú teach beag dorcha ar an taobh eile den bhóthar. Ní bheidh istigh ansin ach seanduine agus seanbhean. Iarr lóistín na hoíche orthu sin agus beidh tú i gceart!'

D'imigh an madadh rua (agus an drochbholadh!) leis. Shiúil an fear óg ar aghaidh. Nuair a tháinig sé chomh fada leis an teach mhór, mheall na soilse geala agus an ceol binn isteach é. Amach arís níor tháinig sé.

Seachtain ina dhiaidh sin, d'imigh an dara mac sa tóir ar an éan órga. Bhuail seisean leis an mhadadh rua freisin. (Bhí an drochbholadh céanna ann. Dóbair gur leag sé mac an gharraíodóra!) Dhiúltaigh seisean a chuid bia a roinnt fosta. Fuair sé an chomhairle chéanna: gan dul isteach sa teach mhór ceoil. Agus, ar aon dul lena dheartháir, ní fhéadfadh an dara mac dul thart leis an teach mhór gheal. Isteach leis chuig an cheol agus an chraic. Amach arís níor tháinig sé.

23

I gceann seachtaine eile, d'imigh Jack, an mac ab óige. Nuair a bhuail Jack leis, bhí an madadh rua fós ag broimneach. Cé nár thaitin an boladh le Jack, bhí trua aige don ainmhí bhocht. Bhí sé sásta a chuid bia a roinnt leis. D'éist seisean le comhairle an mhadaidh rua. Níor bhac sé leis an teach mhór ceoil. Chuaigh sé isteach sa teach bheag dhorcha ina raibh na seandaoine. Thug siad suipéar agus leaba dó agus chaith sé an chéad oíche go slán sábháilte ansin.

Maidin lá arna mhárach, chuir Jack chun bóthair go luath. Níorbh fhada gur chuir sé an drochbholadh arís.

'Maidin mhaith duit, a Jack,' a dúirt an madadh rua. 'Ar chodail tú go maith?'

'Chodail, cinnte,' arsa Jack.

Shiúil siad leo. D'inis Jack scéal an éin órga don mhadadh rua.

'Tabharfaidh Rí na hÉireann a iníon le pósadh don fhear a gheobhas é,' ar seisean. 'Ach níl a fhios agam beo cá bhfuil an t-éan sin! Seo mé ag imeacht liom mar atá mé gan tuairim agam cá bhfuil mé ag dul!'

'B'fhéidir go dtiocfadh liomsa cabhrú leat,' arsa an madadh rua. 'Ag Rí na Spáinne atá an t-éan órga.'

'Ach ní thig liomsa dul chun na Spáinne!' arsa Jack.

'Bhéarfaidh mise ann thú,' arsa an madadh rua. Rinne sé machnamh beag. 'B'fhéidir gur chóir dúinn greim a ithe roimh ré nó turas fada go leor a bheas ann.'

Thug Jack amach an bia a bhronn an tseanbhean air ar maidin. Roinn sé go fial leis an mhadadh rua é agus d'ith siad beirt a sáith.

'Ar aghaidh linn anois, a Jack,' a dúirt an madadh rua. 'Níl ach cúpla rud le déanamh agam i dtús báire.'

Chuaigh sé taobh thiar den chlaí. Chuala Jack trup mór fada ard mar a bheadh urchar amach as gunna. Spréigh boladh bréan ar fud na háite. Chuir Jack a lámh lena shrón. D'fhill an madadh rua. Bhí cuma bhriste air.

'Gabh mo leithscéal,' a dúirt sé. 'Trioblóid leis na putóga!'

'An bhfuil tú ceart go leor anois?' a d'fhiafraigh Jack.

'Go han-mhaith ar fad,' arsa an madadh rua. 'Ach, rud amháin eile – an dtabharfá cuimilt mhaith do mo dhroim, le do thoil?'

'Cuimilt? Do dhroim?' a d'fhiafraigh Jack.

'Sea,' a d'fhreagair an madadh rua. 'Tá tochas uafásach air. Ní thig liom féin a dhéanamh mar is ceart!'

Shuigh Jack ar an talamh le droim an mhaidaidh rua a thochas. Lig an madadh rua an uile osna mhór faoisimh as.

'Ceart go leor anois, a Jack,' a dúirt sé i ndiaidh tamaill. 'Rud éigin cearr ansin fosta – ach socróidh muid sin ar ball!'

Shuigh sé síos ar an talamh.

'Suigh ar mo dhroim anois,' ar seisean. 'Bhéarfaidh mé a fhad le Rí na Spáinne thú.'

Bhí iontas ar Jack, ach rinne sé mar a dúradh leis. Suas leo ansin, suas, suas san aer. Bhí siad ag imeacht agus ag síorimeacht le trí lá agus trí oíche, thuas os cionn na néalta. Chonaic Jack píosaí móra talaimh thíos fúthu agus farraigí móra millteacha. Chonaic sé foraoiseacha agus fásaigh.

Chonaic sé dufairí móra dubha agus
sléibhte arda maorga. Chonaic sé lochanna
doimhne uisce agus aibhneacha fada geala
ag sní a mbealaigh síos isteach sna haigéin
ghlasa. Chonaic sé feirmeacha agus
sráidbhailte, caisleáin agus cathracha.
Uaireanta, ní fhaca sé aon ní nó bhí
brat ceo anuas ar gach rud.
B'álainn leis é ar fad. Agus
rud eile, ní raibh aon
drochbholadh thuas ansin mar bhí an
ghaoth thart timpeall orthu gach áit!

Sa deireadh, tháinig siad anuas
i gcoill a bhí ar amharc phálás Rí na
Spáinne.

TÓRAÍOCHT AN ÉIN

'**R**achaidh mise síos chuig an phálás agus cuirfidh mé codladh ar na fir faire,' a dúirt an madadh rua. 'Tar thusa i gceann tamaill. Feicfidh tú an t-éan órga ansin. Tabhair leat é láithreach. Agus comhairle duit: ná leag do lámh ar aon rud eile san áit nó is duitse is measa!'

D'imigh an madadh rua leis agus lean Jack é ar ball. An chéad rud a chonaic sé, thuas os cionn gheata an pháláis, dhá ghunna mhóra dhubha agus iad dírithe anuas ar an áit a raibh sé féin ina sheasamh. Bhain sin an croí as. An dara rud a chonaic sé, istigh i gclós an pháláis, scanraigh sé an t-anam as: croch agus rópa ar crochadh aisti.

'Ó!' arsa Jack leis féin. 'Cén saghas scéil é seo ar chor ar bith?'

Ba mheasa arís an tríú rud a chonaic sé.

Thart timpeall ar bhallaí an pháláis, bhí sraith spící agus cloigeann fuilteach thuas ar gach spíce acu, seachas ceann amháin a bhí folamh.

'Tá súil agam nach mbeidh mo cheannsa thuas ar an spíce sin roimh dheireadh an lae!' arsa Jack leis féin.

Shiúil sé leis tríd an phálás. Gach doras ar tháinig sé chuige, bhí baicle gardaí ansin agus iad ina suanchodladh. Sa deireadh, chonaic sé an t-éan órga. Bhí sé thuas ar thábla, istigh i gcás adhmaid. Bhí cás órga ina aice.

Bhí Rí na Spáinne ina chodladh go sámh ag an taobh eile den tábla. D'amharc Jack air. Dar leis, 'Rí na bhFáinní' seachas Rí na Spáinne ba chóra a thabhairt ortsa! Bhí fáinne ar gach méar ag an rí, trí cinn ar an dá lúideog! Bhí ceithre fháinne i ngach cluas aige, fáinne ina smig agus, rud a d'amharc iontach pianmhar ar fad, fáinne ina shrón!

Sheas Jack ansin ar feadh cúpla bomaite agus é i mbun smaointe.

'Is trua fán chás adhmaid,' a dúirt sé leis féin. 'Nár dheas an t-éan gleoite sin a chur isteach sa chás órga?'

Thóg sé an cás adhmaid chun an t-éan a bhaint amach. Ach a luaithe is a leag sé a lámh air, lig an t-éan scread ard as, scread a mhúsclódh na mairbh.

Mhúscail na gardaí de gheit agus rug siad ar Jack. Léim Rí na Spáinne ina sheasamh.

'A ghadaí ghránna!' a scairt sé. 'An ag goid m'éin ghleoite órga uaim atá tú?'

Bhí an oiread sin feirge air go raibh sé ar aon bharr amháin creatha. Bhí na fáinní cluaise ag clingeadh leo!

'Ar mhaith leat go gcuirfí do cheann ar an spíce sin amuigh?' a bhéic sé.

Bhí Jack ar crith fosta. Ach mhínigh sé a scéal chomh maith agus a thiocfadh leis, gur ag lorg an éin órga do Rí na hÉireann a bhí sé.

Shocraigh Rí na Spáinne síos. Rinne sé machnamh. Lig sé racht gáire.

'Bhuel, éist seo,' arsa seisean. 'Cuirim féin faoi gheasa anois thú gan dhá oíche a chaitheamh ar aon leaba ná dhá bhéile a ithe ó aon tábla go dtabharfaidh tú ar ais chugamsa an gearrán bán atá ag Rí Lochlann. Nuair a thabharfas tú chugam é sin, tabharfaidh mé duit an t-éan órga.'

Ghabh Jack buíochas leis. D'éalaigh sé amach as an phálás agus é buíoch beannachtach a cheann a thabhairt leis.

Bhí an madadh rua ag fanacht leis ar imeall na coille.

'Bhuel?' a d'fhiafraigh sé.

(Bhí an drochbholadh ar ais. Caithfidh sé go bhfuair sé rud éigin le hithe ó chonaic Jack é.)

'Ó bhó!' a dúirt Jack. 'Chuir Rí na Spáinne faoi gheasa mé. Caithfidh mé an gearrán bán atá ag Rí Lochlann a fháil dó. Cén dóigh a dtig liomsa dul go Críoch Lochlann?'

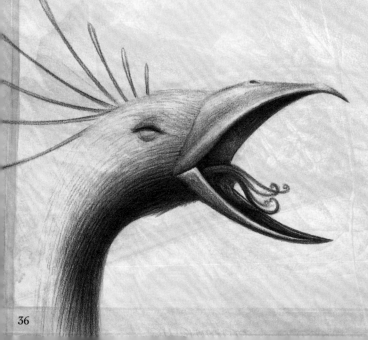

D'iompaigh an madadh rua thart.

'Déan mo dhroim a thochas arís, a Jack,' a dúirt sé, 'agus ansin bhéarfaidh mise ann thú.'

Rinne Jack an droim a thochas. Lig an madadh rua osna as.

D'imigh trup ard, mar a bheadh urchar ann, ar a chúl. An drochbholadh a bhí ann, thachtfadh sé cráin mhuice! Tháinig smúit ar aghaidh an mhadaidh rua agus ghabh sé a leithscéal le Jack.

Chuir Jack a lámh lena shrón ach shuigh sé síos ar an droim, mar sin féin. Suas leo, suas, suas san aer. Níor stop siad gur tháinig siad anuas ar chnoc a bhí ar amharc chaisleán Rí Lochlann.

Bhí leac oighir chrua anuas ar chlár an talaimh ansin. Shíob sneachta fuar bán isteach san aghaidh orthu.

'Fan thusa anseo,' arsa an madadh rua. 'Rachaidh mise síos chun codladh a chur ar na fir faire. Nuair a thiocfaidh tusa, feicfidh tú an gearrán bán istigh sa stábla. Tabhair leat é láithreach. Agus ná leag do mhéar ar aon rud eile san áit nó is duitse is measa!'

As go brách leis. Tamall ina dhiaidh sin, lean Jack é. An chéad rud a chonaic sé, chuir sé eagla a chraicinn air. Sa talamh, faoi gheata mór an chaisleáin, bhí poll mór dubh a raibh barraí iarainn trasna ar a bharr. Poll príosúin a bhí ann agus cuma mhíofar air. An dara rud a chonaic sé, istigh i gclós an chaisleáin, croch agus rópa ar crochadh aisti. Chuir sin an croí trasna ina ucht aige.

D'amharc sé suas. Thart timpeall ar bhallaí an chaisleáin, chonaic sé líne spící agus cloigeann fuilteach thuas ar gach spíce acu, seachas ceann amháin a bhí folamh.

'Tá súil agam nach ag fanacht le mo cheannsa atá an spíce sin!' a smaoinigh Jack.

Shiúil sé leis gur tháinig sé go dtí an stábla. Bhí gardaí ina seasamh ina gcnap codlata ar dhá thaobh an dorais. Istigh sa stábla, chonaic Jack an gearrán bán agus diallait adhmaid air. Bhí diallait órga ina luí ar an urlár taobh leis. Bhí giolla an stábla ina chodladh go sámh ar mholl féir sa choirnéal.

Cheap Jack gur mhór an trua an diallait órga sin a fhágáil ina dhiaidh. Chuaigh sé ionsar an ghearrán bhán chun an diallait adhmaid a bhaint de.

Ach a luaithe is a leag sé lámh air, lig an gearrán bán goldar mór ard as. Léim Jack cúpla troigh san aer!

Mhúscail giolla an stábla. Mhúscail na gardaí a bhí ar an doras. Rug siad greim ar Jack. Bhí sé scanraithe as a anam. Cuireadh fios ar Rí Lochlann.

'A ghadaí bhradaigh!' ar seisean. 'Ar tháinig tú anseo ag goid mo ghearráin bháin uaim? Ar mhaith leat go gcuirfí suas ar an chroch thú?'

41

Fear mór toirteach a bhí sa rí sin. Bhí gruaig fhada chatach fhionn air agus coróin mhór órga ar a cheann. Ba léir go raibh an choróin rud beag rómhór aige. Bhí sí ina suí go hamscaí, rud beag ar fiar, ar a chloigeann.

Bhí Jack ar crith. Ach mhínigh sé a scéal, go raibh sé faoi gheasa an gearrán bán a fháil do Rí na Spáinne.

Rinne Rí Lochlann gáire mór ard. Shocraigh sé an choróin ar a cheann.

'Éist seo,' ar seisean. 'Cuirim féin faoi gheasa anois thú gan dhá oíche a chaitheamh ar aon leaba ná dhá bhéile a ithe ó aon tábla go dtabharfaidh tú chugam Banphrionsa na Gruaige Finne, iníon Rí na Gréige. Nuair a thabharfas tú chugam í, tabharfaidh mé duit an gearrán bán.'

Shocraigh sé a choróin arís.

Ghabh Jack buíochas leis. D'éalaigh sé leis chomh tiubh géar agus a thiocfadh leis.

Bhí sé buíoch beannachtach nár crochadh é an lá sin ach an oiread.

SA GHRÉIG

Bhí an madadh rua ag fanacht taobh amuigh.

'Tá mé i bponc ceart an uair seo,' a dúirt Jack. 'Chuir sé faoi gheasa mé Banphrionsa na Gruaige Finne a fháil ó Rí na Gréige. Cén dóigh a dtig liomsa dul go dtí an Ghréig?'

'Bhuel, a Jack,' a dúirt an madadh rua, 'déan tochas maith ar mo dhroim i dtús báire agus bhéarfaidh mise ann thú.'

45

B'aisteach le Jack an gnó sin le droim an mhadaidh rua, ach rinne sé mar a iarradh air. Bhí cuma chráite ar an mhadadh rua.

'Ní thig liom cur suas leis seo,' ar seisean. 'Ní mór dom a shocrú sula rachaidh muid níos faide.'

'Cad é atá ort?' arsa Jack.

'Dreancaidí – tá mo chuid fionnaidh lán dreancaidí!' arsa an madadh rua. 'Tá mé ite beo acu!'

Sheas Jack siar píosa. Ní raibh seisean ag iarraidh dreancaidí ach an oiread.

Chuimhnigh sé ansin ar an chabhair a thug an madadh rua dó féin. Bhuail náire é.

'Is trua sin,' ar seisean. 'An dtig liom cuidiú leat?'

'Tá ruball caorach uaim,' a d'fhreagair an madadh rua. 'An rachfá isteach i siopa búistéara agus ceann a fháil dom?'

Chuaigh Jack isteach sa chéad siopa búistéara a chonaic siad. D'iarr sé ruball caorach. Stán an búistéir air, ach thug sé an ruball caorach dó.

'Maith thú,' arsa an madadh rua. 'Loch uisce an chéad rud eile atá uainn.'

Shiúil siad leo gur tháinig siad a fhad le loch beag uisce.

Thóg an madadh rua an ruball caorach ina bhéal agus shiúil leis isteach sa loch. Choinnigh sé a cheann suas san aer. Bhí an ruball caorach ina bhéal aige, thuas go hard os cionn an uisce.

Ansin, chonaic Jack rud iontach. Bhí dath dubh ag teacht ar an ruball bhán caorach! Nuair a bhí sé dubh ar fad, lig an madadh rua dó titim isteach san uisce. Amach leis féin go beo ar an bhruach.

'Is fearr sin!' a dúirt sé agus faoiseamh ina ghlór.

'An bhfuil siad imithe?' a d'fhiafraigh Jack.

'Tá siad!' a d'fhreagair an madadh rua. 'Dhreap siad uilig suas ar an ruball caorach chun éalú ar an uisce. Anois tá siad thíos ag bun an locha!'

Bhí sé ag scipeáil thart.

'Ar aghaidh linn anois,' ar seisean.

Suas leo ansin, suas, suas san aer. Níor stad siad gur tháinig siad anuas ar amharc phálás Rí na Gréige. Bhí an ghrian ag scoilteadh na gcloch ansin agus lear mór crann olóige ag fás ar an taobh sléibhe thart timpeall orthu.

'Rachaidh mise síos go gcuirfidh mé codladh ar na fir faire,' a dúirt an madadh rua. 'Nuair a thiocfaidh tusa, feicfidh tú Banphrionsa na Gruaige Finne istigh sa halla mhór. Tabhair leat í, ach ná lig di slán a fhágáil ag a hathair nó is duitse is measa!'

Nuair a shiúil Jack síos chuig an phálás, bhí sé ar crith ina chraiceann nuair a chonaic sé beirt ghardaí ar gach taobh den gheata agus dhá mhaistín mhóra madaidh ag gach duine acu. Ar ámharaí an tsaoil, bhí idir ghardaí agus mhadaí ina gcodladh go sámh. Istigh sa chlós, bhí croch agus rópa ar crochadh aisti. Bhí sceoin ar Jack.

Nuair a d'amharc sé suas, b'shiúd an líne chéanna spící agus cloigeann fuilteach thuas ar gach spíce acu, seachas aon cheann amháin a bhí folamh.

'Beidh an t-ádh liom mo cheann a thabhairt liom an iarraidh seo fosta!' ar seisean.

Shiúil sé leis trí na seomraí móra galánta gur tháinig sé chuig an phríomh-halla. Bhí gardaí ar dhá thaobh an dorais agus iad ag srannadh leo. Istigh sa halla mhór, chonaic Jack Banphrionsa na Gruaige Finne.

Bhí sí ina suí ar chathaoir airgid agus í ina codladh go sámh. Bhí sí ar an chailín ba dhóighiúla dá bhfaca sé riamh. Bhí a gruaig fhionn ina trilse ar a cúl.

Bhí Rí na Gréige ina chnap codlata ar tholg sa choirnéal. Sheas Jack ansin agus d'amharc sé ar an chailín ar feadh tamaill. Cad é a dhéanfadh sé anois?

Thóg sé a lámh. Gheit sí. D'oscail sí a súile.

'Cé thusa?' a d'fhiafraigh sí.

'Is mise Jack.' ('Nach trua nár tugadh ainm níos laochúla orm?' a smaoinigh sé.)

'Ná bíodh eagla ort!' a dúirt sé léi. 'Tháinig mé anseo le tú a thabhairt liom…'

'Ó!' a dúirt an banphrionsa.

Agus í ag éisteacht lena scéal, thaitin Jack go mór leis an bhanphrionsa.

'An bhfuil tú sásta teacht liom?' a d'fhiafraigh sé di sa deireadh.

'Bhuel, rachainn leatsa,' a d'fhreagair sí, 'ach tabharfaidh tú uait mé do Rí Lochlann, nach dtabharfaidh?'

'Tá cara maith agam a chuideoidh linn nuair a thiocfas an t-am,' arsa Jack. 'Is féidir bheith ag brath air!'

Rinne Banphrionsa na Gruaige Finne machnamh. Ní raibh sí róchinnte gur cheart di imeacht leis an fhear seo, ach duine deas a bhí ann, gan amhras. Agus bhí sí dubh dóite. Ó d'imigh a deartháir, cúpla bliain roimhe sin, ní ligfeadh a hathair amach as a radharc í.

Theastaigh uaithi cúpla eachtra a bhlaiseadh sula mbeadh sí ina seanbhean!

'Bhuel, más fíor sin,' a dúirt sí, 'rachaidh mé leat. Ach tá achainí amháin agam ort – ní mór dom slán a fhágáil ag m'athair sula n-imeoidh mé.'

Smaoinigh Jack ar chomhairle an mhadaidh rua, ach ní fhéadfadh sé an banphrionsa a dhiúltú.

'Déan go tapa é!' ar seisean.

Phóg an banphrionsa Rí na Gréige ar bhaithis a chinn. Mhúscail sé láithreach agus chonaic Jack.

'Cé thusa, a bhithiúnaigh ghránna?' a scairt sé. 'Ag goid uaim m'iníne áille agus gan agam ach í!'

Léim an rí ina sheasamh agus is scáfar an chuma a bhí air. Fear beag crónbhuí a bhí ann. Bhí faithní gach uile áit ar a chorp: ar a cheann maol, ar a lámha, ar a aghaidh, ar bharr a shróine móire fada.

'Ná hamharc ar na faithní!' arsa Jack leis féin. 'Ná hamharc ar na faithní!'

'A athair,' a d'impigh an cailín, 'is é grá mo chroí é an fear seo. Is mian liom imeacht in éineacht leis!'

Chuimil an rí an faithne ar bharr a shróine.

'Beidh ort í a bhaint!' ar seisean le Jack. 'Tá trí thasc agam duit.'

Thit croí Jack.

'Maith go leor,' ar seisean go dúr.

55

Trí Thasc

'**T**á carn mór cré ar thaobh amháin den phálás seo nach ligeann do sholas na gréine teacht isteach,' arsa Rí na Gréige. 'An chéad tasc a bheas agat an chré sin a bhogadh ar shiúl – rud nach furasta a dhéanamh!'

Ní fhaca Jack aon rud chomh mór leis an charn sin cré riamh ina shaol. Chrom sé ar an obair láithreach. Gach sluasaid chré a chaitheadh sé uaidh, thagadh dhá cheann eile isteach ina háit! Níos mó a bhí an carn ag éirí seachas níos lú!

Tráthnóna, agus é traochta tuirseach, chuala Jack trup ard mar a bheadh urchar amach as gunna ann. Tháinig boladh bréan ar an aer. Chonaic sé an madadh rua ag teacht ionsair.

'Bhuel, a Jack, cad é mar atá ag éirí leat?' a d'fhiafraigh a chara.

'Ar tí mo chrochta,' arsa Jack. 'Is ag dul i méid atá an carn seo seachas bheith ag laghdú!'

'Ná bac leis,' arsa an madadh rua. 'Gabh isteach agus lig do scíth.'

Chuaigh Jack isteach agus níorbh fhada gur thit a chodladh air. Le fáinne an lae, mhúscail sé de gheit. Chuala sé rírá agus ruaille

buaille lasmuigh. Bhí solas geal na gréine ar an fhuinneog.

Amach leis ina rith. Bhí an áit dubh le daoine, iad ag léim agus ag damhsa i gclós an phálais. Smid chré ní raibh le feiceáil in aon áit. Bhí lúcháir ar gach duine nó bhí an ghrian ag spalpadh anuas orthu den chéad uair.

'Mo sheanchara arís!' a smaoinigh Jack. 'Is cuma faoin bholadh, níl a shárú le fáil!'

Chroith Rí na Gréige lámh Jack.

'Bulaí fir!' a dúirt sé. 'Rinne tú jab maith.'

'Leoga,' arsa Jack, 'níor chuir sé mórán ar bith dua orm.'

'Tá jab eile agam duit anois,' arsa Rí na Gréige.

Tháinig gruaim ar Jack.

Thaispeáin an rí stábla dó.

'Níor glanadh amach an stábla sin le seacht gcéad bliain,' a dúirt sé.

'Chaill mo shinsinseanmháthair biorán brollaigh anseo ag an am sin. Glan thusa an áit agus faigh an biorán sin domsa roimh dheireadh an lae!'

Thosaigh Jack ag cartadh. Bhí an t-aoileach suas go dtí an díon. A luaithe is a chuireadh sé greim aoiligh amach an doras, thagadh dhá cheann eile isteach ina áit. In ionad bheith ag ísliú, is é an chaoi go raibh an carn aoiligh ag ardú!

Ag meán lae, tháinig sé amach le haghaidh bolgam aeir. Bhí cac capaill san uile áit: ar a chuid éadaí, ina chuid gruaige, sna cluasa aige!

'Ta boladh níos measa ormsa anois ná mar a bhíonn ar an mhadadh rua!' a smaoinigh sé.

Leis sin, chuir sé boladh an-láidir ar an aer. Is é a bhí sásta an boladh sin a chur. Shiúil an madadh rua isteach sa chlós.

'Bhuel, a Jack,' a dúirt an madadh rua, 'cad é mar atá tú inniu?'

'Go hainnis!' arsa Jack. 'Tá an áit seo le glanadh agam roimh thráthnóna. Gach greim aoiligh a chaithim amach, tagann dhá ghreim eile isteach san aghaidh orm!'

'Gabh isteach anois,' arsa an madadh rua go cneasta. 'Tá sos tuillte agat.'

'Nár chuala tú mé?' arsa Jack. 'Tá dhá ghreim aoiligh ag teacht isteach in aghaidh gach ceann a chaithim amach. Tá mé buailte suas le barr an tí!'

'Gabh isteach agus déan do scíth,' arsa an madadh rua.

Chuir sé a lapa lena shrón.

'Agus rud eile de,' a dúirt sé, 'agus tá súil agam nach miste leat mé a lua, a Jack, ach tá an-drochbholadh uait! B'fhéidir nár mhiste tú féin a ní beagáinín…'

Phléasc Jack amach ag gáire.

'Caithfidh go bhfuil mé go holc,' a dúirt sé, 'má deir tusa liom é!'

Isteach leis chun tí. Nigh sé é féin.

Níor luaithe ar an leaba é ná thit a chodladh air.

Tráthnóna, mhúscail sé de gheit. Chuala sé trup agus gleo taobh amuigh.

'Ó,' ar seisean, 'tá sé rómhall anois an stábla a ghlanadh!'

Thóg sé a hata le dul amach. An chéad rud a chonaic sé, é greamaithe den hata, biorán mór brollaigh. Rith sé amach. Thiocfadh leat do dhinnéar a ithe d'urlár an stábla. Smid aoiligh ní raibh ann. Bhí an áit ar fad snoite nite glan!

Bhí iontas ar Jack, agus ardáthas leis. Shín sé an biorán brollaigh chuig Rí na Gréige.

'Is tusa an buachaill ceart!' arsa an rí. 'Tá deireadh glanta agat, agus an biorán faighte agat freisin.'

Chuimhnigh Jack ar an mhadadh rua.

'Maise,' a dúirt sé, 'níor chuir sé mórán ar bith dua orm.'

'Tá jab amháin eile le déanamh agat sula dtabharfaidh mé duit m'iníon,' a dúirt Rí na Gréige.

'Tá súil agam gurb é sin an tasc deiridh,' a dúirt Jack go feargach. 'Tá sé in am agamsa bheith ag filleadh abhaile!'

'Ar mhaith leat m'iníon a thabhairt leat?' a dúirt an rí go borb.

Chlaon Jack a cheann.

'Maith go leor,' arsa an rí. 'Tar in éineacht liomsa!'

Thaispeáin sé seanchaisleán a bhí chomh hard leis an spéir dó. Dúirt an rí nár mhór do Jack an áit sin a bheith leagtha go talamh aige roimh a sé a chlog an chéad lá eile.

'Rud eile,' a dúirt sé, 'claíomh solais a bhí ag mo shinsinseanathair seacht gcéad bliain ó shin, tá sin i bhfolach i mballaí an chaisleáin. Bíodh sin agat dom fosta.'

An chéad mhaidin eile, chrom Jack ar an obair. Gach cloch a chaitheadh sé síos, bhíodh céad cloch eile aníos ina hionad. In áit a bheith ag ísliú, is é an chaoi go raibh an caisleán ag ardú. Ag uair an mheán lae,

shuigh sé síos chun a scíth a ligean. Níorbh
fhada gur chuir sé an-drochbholadh. Ag
an nóiméad sin, bhí sé ar an bholadh ba
dheise dár chuir Jack riamh!

'Cad é mar atá tú inniu, a Jack?'
a d'fhiafraigh an madadh rua.

'Tá an jab seo níos measa ná an dá
jab eile le chéile!' arsa Jack go gruama.

'B'fhearr duit dul isteach anois, a
Jack,' a dúirt an madadh rua. 'Bíodh
sos agat.'

'Ní aon chuidiú domsa sos,' arsa
Jack. 'Is gearr go mbeidh mé buailte ar
an spéir!'

'Déan do scíth,' arsa an madadh rua.

Chuaigh Jack isteach. Chaith sé é féin ar an leaba agus thit a chodladh air láithreach.

Tráthnóna, mhúscail sé de gheit. An chéad rud a chonaic sé, ar an urlár, idir é agus an doras, ná an claíomh solais, é ina luí ansin ag glioscarnach faoi sholas na gréine. Amach leis sa chlós.

Bhí slua daoine ansin ag breathnú ar an charn mhór cloch a bhí fágtha san áit a mbíodh an seanchaisleán.

'Ghlacfadh sé baicle fear sé bliana chun é a leagan!' a dúirt fear amháin.

Thug Jack an claíomh solais do Rí na Gréige.

'Bulaí fir!' arsa an rí. 'Gheobhaidh tú m'iníon anois. D'oibir tú go crua ar a son!'

Ba mhaith le Jack croí isteach a thabhairt don mhadadh rua ag an nóiméad sin, bíodh drochbholadh air nó ná bíodh.

'Dáiríre píre,' a dúirt sé leis an rí, 'níor chuir sé mórán ar bith dua orm.'

Ag Filleadh Abhaile

Nuair a bhí Jack agus an Banphrionsa ag cur chun bóthair, bhí Rí na Gréige ag caoineadh go fras.

'Mo bhrón is mo mhilleadh,' arsa sé. 'M'iníon álainn ag imeacht uaim agus gan agam ach í. Cúpla bliain ó shin, tháinig cailleach anseo ag fuadach mo mhic uaim! Níl agam ach mé féin anois.'

Ní dheachaigh an lánúin i bhfad gur tháinig an madadh rua suas leo. Chuir an cailín an boladh bréan.

D'amharc sí ar Jack. Chuir sí a lámh lena srón.

'Míle buíochas leat, a chara,' arsa Jack.

'Níl a bhuíochas ort,' a d'fhreagair an madadh rua. 'Suígí síos ar mo dhroim anois agus rachaidh muid go Rí Lochlann go bhfaighidh muid an gearrán bán uaidh!'

Púmf! Púmf! Púmf!

D'imigh trí bhroim air. Chuir sé straois air féin, agus ghabh a leithscéal leo. Shuigh siad síos ar an droim. (D'fháisc an banphrionsa a haincearsan lena srón!)

Suas leo, suas, suas san aer agus níor stad siad gur leaindeáil siad anuas ag pálás Rí Lochlann.

Shiúil Jack agus an banphrionsa isteach chuig an rí. Shocraigh seisean an chóróin mhór ar a chloigeann nuair a chonaic sé ag teacht iad.

'Bulaí fir thú,' ar seisean le Jack. 'Thug tú chugam an cailín álainn seo. Is féidir leat an gearrán bán a thabhairt leat.'

Chuaigh Jack suas ar dhroim an chapaill.

'Lig dom slán a fhágáil ag an bhean uasal seo i dtús báire,' arsa seisean leis an rí. 'Is cairde maithe sinn anois.'

Chrom sé síos agus rug greim láimhe ar an bhanphrionsa gur tharraing aníos ar a chúl í.

D'imigh siad leo ar nós na gaoithe.

Bhí crúba an ghearráin bháin ag baint splancacha as an bhóthar.

'Féach siar,' arsa Jack leis an bhanphrionsa, 'go bhfeicfidh tú an bhfuil éinne ag teacht inár ndiaidh.'

'Ó!' ar sise. 'Tá arm Rí Lochlann ag teacht! Tarraing ribe as ruball an chapaill agus caith ar do chúl é!'

Rinne Jack sin agus tháinig coill mhór dhlúth aníos idir iad féin agus an t-arm.

'Beidh muid píosa maith ar shiúl sula ngearrfaidh siad a mbealach tríd an choill sin,' arsa an banphrionsa.

Lean siad orthu ansin nó gur tháinig siad chuig coill a bhí ar amharc phálás Rí na Spáinne. Cé a bhí ansin rompu ach an madadh rua. (Ní raibh an boladh ag feabhsú!)

'Fáilte romhaibh,' a dúirt sé.

'Ní mór dom an t-éan órga a fháil ó Rí na Spáinne anois,' arsa Jack.

Isteach leis chuig Rí na Spáinne, é thuas ar mhuin an ghearráin bháin. Bhí bosca seod ag an rí is é ag cur fáinní suas lena chluas agus á scrúdú féin i scáthán láimhe nuair a leaindeáil Jack isteach chuige.

'A dhuine uasail,' a dúirt Jack, agus é ag déanamh neamhshuim de na seoda, 'thug mé chugat an gearrán bán. Anois, cá bhfuil an t-éan órga?'

Shín an rí chuige an t-éan istigh sa chás órga.

'Margadh é,' ar seisean. 'Tabhair dom an capall anois!'

'Tá mise tar éis éirí an-cheanúil air mar chapall,' a d'fhreagair Jack. 'An dtig liom dul thart ar an phálás trí huaire air, chun slán a fhágáil aige?'

'Thig leat,' arsa an rí.

D'imigh an gearrán bán ar chosa in airde thart timpeall ar an phálás ansin. An tríú huair dóibh dul thart, d'iompaigh Jack ceann an chapaill i dtreo na coille. As go brách leo mar a bheadh stoirm ghaoithe móire ann.

Lig Rí na Spáinne liú feirge as. Faoin am a bhí na capaill réidh aige féin agus ag a chuid fear, ní raibh tásc ná tuairisc ar an éan órga, ar an ghearrán bhán ná ar Jack!

Thóg Jack Banphrionsa na Gruaige Finne aníos ar a chúl nuair a shroich siad an choill. Labhair sé thar a gualainn léi tar éis tamaill.

'Féach siar,' ar seisean. 'An bhfuil éinne ag teacht inár ndiaidh?'

D'fhéach sí siar agus chonaic sí arm Rí na Spáinne sna sála orthu.

'Tóg braon den allas atá ar mhoing an chapaill agus caith thar do ghualainn é!' a d'ordaigh sí.

Nuair a rinne Jack sin, tháinig loch mór uisce idir iad féin agus an t-arm.

'Beidh sé tamall maith sula mbeidh long déanta acu a shnámhfas an loch sin!' a dúirt an banphrionsa.

Thug siad a n-aghaidh ar

phálás Rí na hÉireann. B'éigean dóibh dul
tríd an tsráidbhaile inar cailleadh beirt
deartháireacha Jack ag tús an scéil seo.
Ansin rompu ar thaobh an bhealaigh mhóir,
chonaic siad an bheirt ógfhear, éadaí
gioblacha orthu agus iad an-tanaí go deo. Bhí
an lámh amuigh acu ag lorg na déirce.

'A dheartháireacha,' a dúirt Jack,
'nach bocht an chuma atá oraibh
anseo? Taraigí abhaile in éineacht
linne.'

Is iad a bhí sásta Jack a
fheiceáil. Chuir sé
in aithne don
bhanphrionsa iad
agus lean siad uilig
orthu ag tarraingt ar an
bhaile.

Dhá Bhainis

Tháinig siad go dtí an áit ar bhuail Jack leis an mhadadh rua an chéad lá. B'shiúd rompu an madadh rua é féin i lár an bhóthair.

'Bhur gcéad fáilte anseo,' ar seisean.

Bhí an oiread sin sceitimíní air Jack a fheiceáil arís gur lig sé broim mór millteach! Spréigh an boladh bréan ar fud na háite. Sheas gach duine siar.

'Ta brón orm, a chairde,' a dúirt an madadh rua. 'Níl neart agam air! Ach thiocfadh leatsa cabhrú liom, a Jack.'

'Aon rud is féidir liom a dhéanamh duit, a chara,' a dúirt Jack. 'Tar éis an méid a rinne tusa domsa!'

'Ní mór duit an ceann a bhaint díom leis an tua seo,' a dúirt an madadh rua, agus é ag síneadh tua bheag airgid chuig Jack.

Scanraigh Jack. An ceann a bhaint dá chara a thug an oiread sin cúnaimh dó! Dhiúltaigh sé scun scan a leithéid a dhéanamh.

Ach d'impigh an madadh rua arís agus arís eile air. I ndeireadh báire, ghéill Jack. Ní luaithe an buille deiridh tugtha aige go raibh prionsa óg dathúil ina sheasamh ansin os a chomhair amach. Bhí iontas an domhain orthu uilig.

Léim an banphrionsa le háthas nó ba é seo an deartháir s'aici féin, é sin a d'fhuadaigh an chailleach. Thug sí póg is fiche dó.

Prionsa na Gréige a bhí ann agus gliondar air bheith ar ais ina chruth féin. D'amharc sé siar ar a chúl – ruball ar bith!

'Go raibh míle maith agat, a Jack!' a dúirt sé. Chuimil sé a bholg. 'Mo chuid putóga bochta. Níor réitigh bia an mhadaidh rua liom ar chor ar bith – na cearca amha... Bhí mé marbh ag an ghaofaireacht – broimneach, broimneach, broimneach i rith an ama! B'fhéidir gur thug tú sin faoi deara?'

'Ó,' a gháirigh Jack, 'an é sin an rud a bhí cearr leat? Bhí muidne chóir a bheith marbh aige fosta!'

Rinne an banphrionsa gáire.

'Go raibh buíochas le Dia!' ar sise lena deartháir. 'Níor tharraing mé m'anáil mar is ceart ón chéad lá a bhuail mé leat!'

'Tá súil agam nach bhfuil an chlann uilig mar an gcéanna,' a dúirt Jack, agus é ag spochadh as Banphrionsa na Gruaige Finne.

Shiúil siad leo ansin gur shroich siad pálás Rí na hÉireann. Chuaigh Jack isteach ar dtús. Bhí an rí ina shuí ansin leis féin agus cuma chráite air. Thug Jack an t-éan órga dó.

'A ghaisicígh óig!' a dúirt an rí. 'Is beag a shíl mé go mbeadh éinne in ann an t-éan sin a fháil dom. Is iomaí fear a chuaigh sa tóir air, ach theip ar gach duine acu.'

Shiúil sé suas síos urlár an pháláis agus cás an éin ina lámh aige.

'Níl éan mar seo ag aon rí eile ar domhan,' a dúirt sé. 'Is mise is treise orthu uilig anois!'

D'amharc sé ar Jack.

'Nár gheall mé rud éigin duit dá dtabharfá chugam éan álainn seo na gcleití órga?' a d'fhiafraigh sé.

'Ó bhó!' a smaoinigh Jack. 'Trioblóid anois!'

'Gh-gheall tú go dtabharfá d-d'iníon dom le p-pósadh, a dhuine uasail,' a dúirt sé go stadach. 'Ach…ach…'

Bhris an rí isteach air.

'Cinnte! Cinnte, a dhuine chóir!' a dúirt sé. 'Sin é go díreach é – m'iníon le pósadh. Beidh sí agat ar an toirt. Tá mise an-sásta tú bheith agam mar chliamhain.'

'Bhuel, a dhuine uasail,' arsa Jack, 'is casta an scéal é seo. Tá bean eile liom anois. Iníon Rí na Gréige atá inti agus tá rún againn pósadh chomh luath is a thig linn.'

'Ach cad é faoi m'iníonsa?' a scairt Rí na hÉireann.

'Choinnigh mé ón phósadh í nó go raibh an t-éan seo faighte! Cad é atá mé ag dul a dhéanamh léi anois? Cad é atá mé ag dul a rá léi?'

Ní raibh an rí sásta. Bhí Jack tar éis deireadh an scéil a scrios. Bhí sé tar éis deireadh nua a chumadh dó féin! Ní thiocfadh le gach duine sa scéal maireachtáil go sona sásta an chuid eile dá saoil mar nach raibh aon fhear céile ag iníon Rí na hÉireann. Cén saghas scéil a bheadh ansin?

Bhuail smaoineamh Jack. Rith sé amach.

'Ceist agam ort! Cad é mar atá do chuid putóg anois?' a d'fhiafraigh sé den phrionsa.

Rinne seisean gáire.

'Ar fheabhas!' a d'fhreagair sé. 'Ta siad thar barr ó stad mé de bheith ag ithe cearca amha! Cad chuige?'

'Ná bac cad chuige!' arsa Jack.

'Isteach leat chuig an phálás – tá Rí na

hÉireann ag lorg fear céile dá iníon. Tá tú san áit cheart ag an am cheart!'

Chuir an rí neart ceisteanna ar an phrionsa. Thaitin an fear óg go mór leis. Chuir sé in aithne dá iníon é. Thaitin sé léise chomh maith.

(Le fírinne, bhí sise dubhthuirseach de bheith ag fanacht le duine éigin teacht isteach chuig a hathair leis an éan órga!)

'An bhfuil tú sásta m'iníon a phósadh?' a d'fhiafraigh Rí na hÉireann den phrionsa.

'Tá mé,' a dúirt an prionsa, 'má tá sise sásta liomsa!'

Las an bhean óg go bun na gcluas.

'Bhuel?' a d'fhiafraigh a hathair.

Chlaon sí a ceann go cúthaileach.

'Margadh é!' arsa Rí na hÉireann.

'Cuir fios ar d'athair láithreach,' a d'ordaigh sé do Phrionsa na Gréige. 'Pósfar sibh uilig ar an lá chéanna. Beidh bainis mhór againn!'

(Bhí an rí ag dréim go mór leis an bhainis. Ba bhreá leis an t-éan órga a thaispeáint do gach duine a thiocfadh chuig an chóisir.)

Chuir siad cuireadh bainise amach chuig maithe agus móruaisle na hÉireann, agus chuig ríthe agus banríonacha an domhain mhóir freisin. Phós Jack Banphrionsa na Gruaige Finne agus phós Prionsa na Gréige Banphrionsa na hÉireann.

Mhair an bhainis seacht lá agus seacht n-oíche agus b'fhearr an lá deiridh ná an chéad lá. Bhí rogha gach bia agus togha gach dí ann. (Bhí Prionsa na Gréige – agus gach duine eile – an-sásta nach raibh aon chearc amh in áit ar bith ar an chlár bia!)

Tar éis na bainise, bhronn Rí na hÉireann an leathchuid dá ríocht ar Jack agus Banphrionsa na Gruaige Finne. Bhronn sé an leathchuid eile ar a iníon agus Prionsa na Gréige. Bhí an t-éan álainn órga aige féin agus bheadh a chuid úll slán sábháilte go deo na ndeor.

IARSCÉAL

Anois, téann Jack amach ag marcaíocht ar an ghearrán bhán gach lá. Tá lán an tí de pháistí óga aige féin agus ag Banphrionsa na Gruaige Finne agus tá siad uilig breá sásta le chéile. Ó am go ham, insíonn Jack scéal do na páistí faoin am a thug sé leis an gearrán bán, nó faoin dóigh ar éirigh leis an banphrionsa a phósadh.

Tá Prionsa na Gréige (an t-iarmhadadh rua) agus iníon Rí na hÉireann ina gcónaí in aice leo. Níl aon deacracht ag an phrionsa lena phutóga níos mó. Ní bhíonn sé ag broimneach, fiú tar éis dinnéar mór. Ní bhíonn sé á thochas féin ach an oiread!

Bhí aois mhór ar an gharraíodóir nuair a tháinig Jack agus a bheirt deartháireacha abhaile. Bhí sé féin róshean le bheith ag obair i ngairdín an rí agus thóg na mic an jab sin idir lámha. Is fearr leo bheith ag obair go crua ansin ná bheith ar thaobh an bhóthair ag lorg na déirce.

Go bhfios domsa, tá an t-éan órga ansin go fóill. Ní ligfidh an rí don chréatúr bhocht teacht amach as an chás in am ar bith, ar eagla go n-éalódh sé. Ach tá an t-éan sásta go leor: faigheann sé togha gach bia agus bíonn an rí i gcónaí ag caint leis.

Itheann Rí na hÉireann úll gach lá ar son a shláinte ach, le fírinne, tá sé chomh sásta leis an éan órga is nach mbíonn aon tinneas air níos mó.

Agus sin deireadh an scéil, dáiríre. Tá gach duine, gach ainmhí agus an t-éan órga chomh sona sásta suairc is a thiocfadh leo a bheith.

Is maith leo gur sa scéal seo atá siad agus ní i scéal éigin eile nach mbeadh críoch chomh sásúil sin air!

(Rud amháin eile: más ann do na dreancaidí go fóill, ní dócha go bhfuil siadsan róshásta ó d'fhág siad ruball an mhadaidh rua. Ach sin scéal eile!)

AN tÉAN ÓRGA

I gcuimhne ar m'athair agus mo mháthair a
d'inis na chéadscéalta dom   CH

Do Chaitríona agus do Choillín   AW